U0675557

2023
铸牢中华民族共同体意识
中国少数民族文学之星丛书

风的形状

桐 雨 著

作家出版社

编委会名单

以民族的情意，打造文学的星辰

——“中国少数民族文学之星”丛书总序

邱华栋　彭学明

“铸牢中华民族共同体意识——中国少数民族文学之星”丛书是中国作家协会少数民族文学发展工程的项目之一，于2018年开始实施，由中国作家协会创作联络部具体组织落实。出版这套丛书的初衷，是在少数民族文学创作领域贯彻落实习近平文化思想，不断夯实铸牢中华民族共同体意识的文学责任，培养少数民族文学中青年作家，打造少数民族文学精品，为那些已经在少数民族文学界和全国文学界成绩斐然、广有影响的少数民族中青年作家再助一力，再送一程，从而把少数民族文学最优秀的中青年作家集结在一起，以最整齐的队伍、最有力的步伐、最亮丽的身影，走向文学的新高地，迈向文学的高峰，让少数民族文学的星空星光灿烂，少数民族文学的长河奔流不息。以文学的初心，繁荣民族的事业；以民族的情意，打造文学的星辰。

入选“中国少数民族文学之星”丛书的作家，必须是年龄在50岁以下的、在少数民族文学界和全国文学界广有影响的少数民族作家。不管是否出版过文学书籍，只要其作品经过本人申请申报、各团体会员单位推荐报送、专家评审论证和中国作协书记处审批而入选的，中国作协将在出版前为其召开改稿会，请专家为其作品望闻问切，以修改作品存在的不足，减少作品出版后无法弥补的遗憾。待其作品修改好后，由中国作协统一安排出版，并进行广泛的宣传推广。

中国是一个多民族的大家庭。每一个民族都沐浴着党的民族政策的光辉、感受着党的民族政策的温暖，都在党的民族政策关怀下，蓬勃发展，欣欣向荣。在这个伟大的新时代，我们正创造着中华民族的新辉煌。每一个民族的发展与巨变，每一个民族的气象与品质，都给我们提供了生生不息的创作源泉。我们每一个民族作家，都应该以一种民族自豪感，去拥抱我们的民族；以一种民族责任感，为我们的民族奉献。用崇高的文学理想，去书写民族的幸福与荣光、讴歌民族的伟大与高尚；以文学的民族情怀，去观照民族的人心与人生、传递民族的精神与力量。

我们期待每一位少数民族作家，都能够到火热的生活中去，到广大的人民中去，立心，扎根，有为，为初心千回百转，为文学千锤百炼，写出拿得出、立得住、走得远、留得下的文学精品。不负时代。不负民族。不负使命。

目 录

第二辑　隐形的粮食

第三辑　守密的树洞

一株细枝末节都充满了生命力的边疆之树

——序桐雨《风的形状》

杨 克

桐雨，一位少数民族女诗人，生活在广西的边地，拥有仫佬族、女性、居住在边远地区三重身份。她在刘三姐的故乡出生，孕育了生命的诗意，近二十年里，她生活在联合国教科文组织认定为“人类文明活化石”的白裤瑶地区，她和她的写作犹如一面文化镜子，反射出中国社会变迁的缩影。

在她的诗歌中，历史与现实交织，仫佬、瑶、壮等少数民族的历史文化、生活习俗与民族风情得到了生动描绘。同时，她以笔为旗，歌颂党领导下各族人民共同努力的脱贫攻坚战，并赞美由此带来的巨变，讴歌时代的楷模，记录下这个时代的历史烙印。她的诗歌体现了各族人民团结向上的精神风貌。

中国作家协会尊重并保护少数民族的语言和文化权益，鼓励和扶持少数民族文学的发展。桐雨的诗歌不仅体现了少数民族的文化自信和尊严，更为我们揭示了少数民族和边地居民的生活经验，让汉族和其他民族，特别是城市的读者，更好地理解和欣赏少数民族女性的精神世界。

以全球人类文化学的视角看，桐雨的写作同样有其价值。她珍视自己的民族文化传统，弘扬了多元文化，呈现出了浓郁的民族特性。她揭示了少数民族和边地居民在社会变迁中的主体性，赋予了他们声音。在反思中国的脱贫攻坚、乡村振兴等重大社会变迁的过程中，她记录了这些变迁对少数民族地区的深远影响，展现了个体生活经验与中国现代化进程的交织。

然而，桐雨首先是一位诗人。她是中国作家协会会员、中国少数民族作家学会会员、中国诗歌学会会员、鲁迅文学院第37届中青年作家高研班学员，广西作协“文学桂军”新锐作家扶持项目的签约作家。她在边远地区取得如此显著的创作成就，绝非易事。这不仅与她的个人才华密切相关，也与她勤奋的写作态度分不开。

桐雨的这部诗集共收录了其近年创作的一百七十多首诗歌，整体在艺术风格上很有一致性，她以轻盈的语调、自如的语气、秀丽的语言、细腻的感受进入诗歌，我随意采撷一首《与风一样轻》：

不断地有人登上长城
又不断地有人下去
杂乱的脚步
像水一样漫过
喧嚣或隐秘的角落

古墙上的青砖
忍受着千万遍的凌迟
一个个名字
在漫长的岁月里
不停地重叠、覆盖

演变成一道道纵横交错的伤痕

那些想要借助石头硬度
替代一生轨迹的人
他们并不知道
在浩渺的生命长河中
所有的痕迹，终究
与风一样轻

在这首诗中，我们可以看到作者使用了象征和隐喻，如“长城”“古墙上的青砖”“名字”“伤痕”等，它们都具有多重的象征意义。长城是中国历史的象征，而在这里它同时也代表了生命的长河。古墙上的青砖则象征着历史的痕迹，被反复踩踏和磨损。这些“名字”代表了个体，它们在时间的流逝中重叠、覆盖，形成了“纵横交错的伤痕”，象征了历史的深重痕迹和生命的曲折。

尽管诗之核是深沉和充满哲思的内涵，诗人却以一种轻盈、流畅的语调叙说，她以缥缈的“风”作为隐喻，描绘了生命痕迹的细微和短暂。诗的语气显得自如而淡然，她以一种超脱的视角，旁观人们在生命和历史中的种种挣扎和追求，那些想要“借助石头硬度”“替代一生轨迹的人”，他们并不知道，无论他们在生命中留下了什么痕迹，最终这些痕迹都“与风一样轻”。这里的“风”是一种自然的象征，它代表了生命的流动、时间的流逝和万物的轮回，也许暗示着生命的短暂和个人的渺小。面对生命的无常和历史的厚重，诗人没有表现出过多的情绪波动，反而以一种淡然而明朗的语气，揭示了生命的真谛。语调的轻盈反映在“与风一样轻”这一形象的创造中，不仅给人留下深刻的印象，而且在形式和内容上产生了高度的和谐，呈现出了一种超脱的美。

我们再读她写异乡回族姑娘的诗《郭玛》：

当她说“在文字里与你相见”时
我还清楚记着离别时的拥抱
那时我强忍泪水　转身逃离

那个长着苹果脸的女子
岁月似乎只在她脸上刻画了
一对深深的酒窝
甜甜的笑容　划过四月的玉兰
在她粉色的头巾里绽放

她唱着宁夏民谣《花儿》
总能把我们的内心搅得酸楚
而她　心里住着主
当她带着她的几个小苹果
斋戒、礼拜
岁月就安静了下来

这首诗以“在文字里与你相见”为开端，立即建立了一种情感的紧张和期待。诗人通过描绘“离别时的拥抱”和“强忍泪水　转身逃离”，将读者引入一种哀婉而又深刻的情感氛围中。我猜想她写的是鲁院的另一位女学员，或者认识的少数民族女作者，诗人使用的语言既直接生动，又富有画面感，让读者可以感同身受。

接下来，诗人描绘了“苹果脸的女子”的形象，通过细节描写，如“深深的酒窝”“甜甜的笑容”“粉色的头巾”，使这个形象生动起来。诗人巧妙地运用了“岁月”“四月的玉兰”“绽放”的象征意象，展现了女子的青春美丽和岁月的痕迹。

诗的后半部分转向了“她唱着宁夏民谣《花儿》”的场景，语言的节奏和音乐的旋律相互交织，带出了内心的酸楚感觉。这里的“花儿”既是具体的民谣，也象征着女子的生活状态和心情。最后，她“心里住着主”“斋戒、礼拜／岁月就安静了下来”，展现了一种深沉而细腻的美感。写离别，她写得依旧松弛自如。再看《时光守护者》：

在老寨，她朝着光
抬起右手
掌心缓缓向上
越过头顶
在太阳的位置停留
遮住一缕刺眼的光芒
那时，时光仿佛静止

而大把大把的阳光
穿透此起彼伏的
蝉声密网
洒在她略显臃肿的身上
百褶裙的影子
愈拉愈长
唤醒的那些旧日时光

猝不及防地撞入心房

而参天的古树静穆
山风吹拂她耳鬓的碎发
她古铜色脸上的褶皱
泛着金光
她微眯着眼，嘴角上扬
我知道
那一刻，她是爱着的
也是被爱的

这首题为《时光守护者》的诗描绘了一个老寨的少数民族妇女，在太阳光照下，时光仿佛静止的景象。诗中的诸多元素充满象征意义。女性抬手遮住阳光的动作，表明了她在掌控和测量时光，这是一个非常强烈的形象，使她成为诗歌的主题和中心，一个真正的“时光守护者”。同时，参天的古树、山风、她古铜色的脸和金光，都象征着永恒和不朽，增加了诗歌的深度和力度。

她是村寨基层组织的负责人？乡村小学教师？还是下来参与乡村振兴的女干部？诗歌没有交代，运用了丰富的符号语言，包括光、影、树、风、色彩等等，这些都赋予了诗歌多重含义和解读空间。特别是“阳光”“穿透”“蝉声密网／洒在她略显臃肿的身上”的描绘，这种生动的画面感和音感构成了强烈的视听效果，使诗歌更具感染力。总之，这首诗描绘了一个女性的形象，她是时间的守护者，也是生活和自然的主体。诗人描绘出“她微眯着眼，嘴角上扬”的样子，这是一个幸福而满足的形象，体现了女性的自我肯定和对生活的热爱。这个与传统女性形成鲜明对比、充满生命力和温暖的女性形象，是对时光和当代生活的诠释，也是对女性的独特赞美。

这样的诗不胜枚举。桐雨，犹如一株顽强的边疆之树，深植于祖先的文化土壤，细枝末节都充满了生命力。她以她的诗歌，连接了自然与人文，连接了古老与现代，连接了本土与全球。她的作品，诉说着少数民族的心声，她的才华和勤奋让我们看到了一位少数民族女性诗人在文学创作领域所能展现的魅力。

桐雨的诗歌不仅仅是对中国社会变迁、少数民族文化多样性及其历史传承的见证，更是一种精神的瞭望塔，引领我们理解和感悟这个时代，体验中国的现代文明进程。她在诗歌中，赞美了人民的力量，讴歌了民族的风情，记录了时代的变迁。少数民族女性诗歌是中国当代诗歌的重要部分，也是我们这个时代的一份珍贵记忆。

2023 年 7 月 4 日

（杨克，中国作家协会主席团委员，中国诗歌学会会长。）

第一辑

飞跃的藤壶鹅

陶片，沉浸在时光流年

它们整齐而静默
罗列在我的窗台
在时光流年里
凝固成历史的沙石

每一块陶片上
都有深深的指痕
或者文字
透过那些坚硬的痕迹
我触摸到千年的柔软

我与他们握手言和
这些手指印儿的主人
就像《清明上河图》里的
人物一样神秘

我看到了北宋的繁华
听到中和瓷窑的工匠
谈笑风生

还有陶器出土或碎裂的
声音划过历史的天空

风把陶片带到芝麻坪
和黎山口
带到北流河及东山林
房屋、村道、旷野
到处闪耀着暗红色的陶光
它们成为韬养生活的器皿
成为墙体上一排排
惊艳的时光

与风一样轻

不断地有人登上长城
又不断地有人下去
杂乱的脚步
像水一样漫过
喧嚣或隐秘的角落

古墙上的青砖
忍受着千万遍的凌迟
一个个名字
在漫长的岁月里
不停地重叠、覆盖
演变成一道道纵横交错的伤痕

那些想要借助石头硬度
替代一生轨迹的人
他们并不知道
在浩渺的生命长河中
所有的痕迹，终究
与风一样轻

仙人掌

它就那么裸露着
凌驾于黛色的瓦上
给那狭长的古巷
带来一抹清新的芬芳

我喜欢它的绿
喜欢它
稍显调皮的脸庞
甚至　喜欢它
身上尖尖的刺儿

它娇嫩的黄色花朵
泄露了它的心事
我知道
它是柔软的
在那一身荆棘之下

鬼针草

它不是一开始
就这样惹人厌的
它也曾洁白柔美
在风中舒展曼妙身姿

只是　谁也经不起
时间的摧残
当花瓣一片一片地　掉落
它的花蕊变成了褐色
变成了黑色　并长出刺儿
逮着谁　它都想粘上一身

桃花

它们沿着溪流
溯水而上
它们打开风门
飞舞
它们一点一点地
飞回枝头
一瓣、两瓣、三瓣
一朵、两朵、三朵
它们回到一棵树上
它们回到两棵树上
它们回到十里桃林
开成了
一个春天

午后时光

阳光透过白雾
把窗棂压在床前
浓烈的枫红或者金黄
揭露季节的底色

凉凉的风拂过枝头
总有一些旧时光
随风零落

一杯白水
或者一杯咖啡
让午后变成平静
又略带苦涩

每一阵风，都是她的孩子

每当闲下来
她的眼睛就自然地
盯向那扇门
每一阵风刮过
她都以为是她的孩子

她总是惊喜地站起
又默默地坐下
她多么希望是她的孩子
又很害怕是她的孩子

她忐忑了几十年
那个走失的
患有精神障碍的少年
从未托风　带给她
任何消息

蛰伏

在人的体内
埋藏着
无数的种子
它们在血液里
沉寂或躁动
你可以熟视无睹
但你不能否认

蛰伏
是时间长河的
一种姿态
只欠一阵风的催力
身体里的种子
便会萌芽
生出贪婪、固执
或者希望

遇见山羊

遇见山羊，在高山上
栅栏开启时
它们如潮水奔涌
漫过山路
往岩壁上铺开

它们耳朵上打着标签
是风的细腻和水的柔滑
是阳光的软和青草的鲜
是负氧离子的清和树木的甜

领头的那只
蓄一把长胡
慈眉善目的样子
令人动容

而最爱的那只小白羊
膝盖与眼睛上的黑斑
让它腾挪的身影变得生动
又充满野性

风的形状

风，有形也无形
取决于风遇到的事物
比如一棵树，一座房子

风，无意摘取一片叶子
纷纷扬扬坠落的
是哑然的旧时光

铺天盖地的焦黄或暗红
在深秋里上演皮影
惊艳而决绝

大树伸出长长的骨指
编织风的形状
而唯有一些声响
在风中停留

他们跨过了河流

傍晚的河流
八十岁的老母亲
徐徐地从老拱桥上经过

一对母子匆匆地
从桥上经过
少年赤着胳膊
肩上扛着一把长柄瓢

红裙子小女孩
从桥上跑过
年轻妈妈
抱着婴儿从桥上经过

夏季清凉的河水
穿过桥洞与人流
静静地流逝
他们跨过了河流
而时光跨过了他们

风把所有的声音刮走

阳光灼灼
把风晒瘦
我们一起去花海
你执意自驾摩托
把我带上
任长发搅乱风的方向

红的土地
绿的桑田
废弃的粮仓
遗落乡间的教堂
还有一段被遗弃的爱情

你裸露隐秘的伤口
在阳光下暴晒
你大声地喊大声地唱
我却什么也没有听到
风把所有的声音刮走
只剩下被虫子蜇了般的痛

一只逃跑的鱼

圣堂湖，蓝天和大地
糅合的色彩
碧绿如秋风的眼波

树木抖落叶子
突兀在湖水里
长成鱼刺的模样

一只鱼
咬住金色的光线　逃离
在莲花山上
笃笃笃地敲着暮钟

风中流浪的猫

这一次，它没有端坐路中央
用一种安静略带揣测的目光
注视着我
它把自己倒挂在池塘边
一动不动
像一堆雪压着另一堆雪
它白色的毛和静止的姿态
让我误判它是一只
被冻着了的雪猫

它伸出一只前爪
在结了薄冰的池水里搅动
不知是舔舐倒影
还是觊觎水底的鱼儿
让我想起了
在地铁口，在北风中
那位拿着铁皮口盅的流浪汉

在这初雪的冬日

相同的情景
显得有点儿突兀
像一种虚无
在寒风中摇曳

创口

他站在高高的
脚手架上
后裤袋里　吊着
一大把细绳
一条条散开的绳尾
随风舞动
多像一只
开屏的孔雀

他熟练又专注
像女儿搭建积木的神情
他要赶在积木倒塌之前
尽快地把绳子
牢牢地　绑在
生活的　创口

药

它们匍匐或无根
带刺或结籽
它们是娇艳的花
或是碧绿的草
它们隐于世
默默地把苦涩收藏
只有你想起它们时
它们才会出现

飞跃的藤壶鹅

站在风之端
向着悬崖一跃而下
坚韧、决绝
一次次撞击
比石头还硬的生命
那些磕磕碰碰的信念
在风中旋转　飞舞
还原生活的底色

空中飞翔的母亲
对这宿命的历练
并未施以援手
她担忧又绝望
每一个孩子度劫
都是她伤口的一次撕裂

这惊心动魄的一跃
一些孩子迷失在风中
一些孩子跌跌撞撞地
落入人间觅食

想成为一只蝾螈

想成为一只蝾螈
有着龙的角
有着鱼的尾
有着娃娃的脸
有着蜥蜴的足

想拥有神奇的自愈力
如此，便能把那些
烦恼，那些爱恨
统统割下、丢弃
塑造全新的自己

等

十字路口的蛋糕店前
身穿红、绿、蓝衣服
五十来岁的几个壮汉
他们一字排开
安静地坐在廊檐下

他们动作一致地捧着手机
手偶尔在手机上滑着视频
打发漫长而无奈的时光

他们在等待过往的人们
雇佣他们身上的力量
以换取生活的色彩

我看到他们身后
橱窗里陈列的蛋糕
两者之间竟惊人地相似

一滴雨是澄明的

一滴雨是澄明的
正如一阵风的清凉
一张纸是透彻的
正如一个人的纯净

如果雨水滂沱
如果云雾迷蒙
如果风吹乱发
如果虫鸣嘶竭

那是无数个体汇集
比如落单的我们
我只听到她的脚步
她只听到我的声音

在春风里等你骑马而来

又是一年春光
雨中梨花
又白过了昨日

梧桐窃窃　雨丝低语
满城的青砖黛瓦
囚不住一帘春梦

我在三十六丈高的城楼
等你　手执桃花
骑着白马　踏云而来

岁月

从一到百，门背上
歪歪斜斜地
画满白色粉笔的竖线
时间，在刻度之外泅渡
并滑向深夜

橡皮筋在两把椅子间
细数马兰开花
她不知疲倦地腾挪跳跃
在心灵牧场种植
一枚智慧的胚芽

那时父亲健在
黑夜很短白天不长
一切多么美好
而岁月把笔迹抹去
一些人也随风消失
只有那扇陈旧的门
在记忆中虚掩着

从一团火焰开始

那些手执火把的人
把火焰种进了土里
犁耙伸入土地腹部
撷取幸福的果实

踏火而来的赤足少年
从刀山上摘下一片绿叶
放在嘴边
轻吹一曲瑶族情歌

而木楼上的姑娘
轻轻地推开窗户
一朵火焰早已
悄悄地爬上了
脸颊

他们只想回到童年

他们站在废墟上
满目疮痍的大马士革
他们用天籁之音
呼唤心跳
他们用彩色颜料
涂抹残墙断壁
涂抹汽车残骸
他们放风筝
他们跳格子
他们手执鲜花
他们脸上充满欢笑
这些难民所的孩子
他们只想回到童年

那个清晨，母亲走失在窗台

那个清晨
大火吞噬他们
甜美的梦境
他们被浓烟呛醒
母亲从窗口抛下被子
抛下他们幼小的身躯
那张带着母亲体温的
神奇飞毯
托住他们的惊恐与不安
他们焦急地等
等母亲追赶上来
可母亲走失了
走失在五楼的窗台

那一声轻微的声响

她像一颗种子
在黑暗中
慢慢地打开双掌
又撑开了双脚
我能想象
瓜熟蒂落时
她长成的果实
在阳光下奔跑、跳跃

而此时，在丁香花苑
她被迫剥离母体
全身披一层水泽
像一枚晶莹的水晶
掉落时
发出一声轻微的声响

等风吹来

我把爱与梦想
藏在蒲公英里
只为等你
轻轻一吹
我便能够
在你的世界里
飞舞

信任

小草把秘密告诉了花儿
花儿把秘密告诉了蝴蝶
蝴蝶把秘密告诉了大树
大树把秘密告诉了叶子
叶子把秘密告诉了风儿
风儿越过山川大地
大地长满了一朵朵
守着秘密的蘑菇

海的声音

你在海滩　拾起
一片片彩色的贝壳
这些来自海心的
生物外衣　像海的耳朵
缤纷了那年的雨季

现在　它们只是一串串
在风中眺望的风铃
每当摇曳　就会响起
海的声音

稻 香

去除吸血虫的恐惧
去除臭屁虫的恶心
去除蝗虫扑扇的身影
去除镰刀划破手指的疤痕
去除烈日炙烤的汗水
剩下的味道
是稻香的味道

垂钓者

他们像阴谋家
有足够的耐心
等待一场
愿者上钩的交易
有些鱼儿甘愿冒险
有些鱼儿在云端穿行

幸福树之花

不与叶争绿
不与花争春
手拉着手
浅黄的身影隐匿在
满树的碧绿之下
低眉，含笑
在秋风里
做一朵幸福之花

将来的事

将来，我们不再占用
一寸土地
我们是土地的肥料

我们渗入一棵树
或者一丛花
它们将承载我们
一生的故事

想我们的人，会在春天里
抚摸一棵树
或者，嗅一嗅花香

复垦

他们曾经生活的旧房子
没有预留窗的位置
但风，从竹篾和木板间
穿堂而入
星星点点的阳光
铺满地上，那些斑驳的光束
照耀着屋里每一粒升腾的尘埃

他们从容地掀开瓦片
让清风融入清风
让阳光汇入阳光
让温暖拥抱温暖
让土地再次长出绿绿的草
又长出崭新的希望

春天与幸福毗邻

夜色开满紫色的朱槿
晨露摇曳芬芳的黄玫

碧绿的藤蔓和金钱草
装饰古老的青砖黛瓦

花檐上的青苔
洞悉人世的密码

清澈的溪流
滋养肃穆的门楣

静默的青石小巷
飘逸着婀娜多姿的身影

哦，在通往幸福的路上
春天已经苏醒

打碗花

它的内心该有多憋屈
焦虑、彷徨与苦涩
它蛰伏于漫长的严冬
一旦春风吹拂
它就不停地生长、攀爬
它每爬一步就吐出一碗苦水
直到遍地结满淡白的花朵
直到人间充满苦涩的味道
它的嘴　依然保持着
喇叭的形状

风朝哪个方向吹

1

向南的风
含着幽香
驻足在白桦林上

鸟儿啄破思念的皮囊
染绿枝头的嫩芽
白色玉兰已悄然绽放

许多日子
记忆总被
囚禁或埋葬

晚风　凶猛或温婉
裹挟残存的想念
抖落经年的积土

那些忧伤的、快乐的

长着翅膀的思绪
风一吹就扑簌簌地飞

2

打开向南的窗
目光
穿过树林
越过高楼
飘过平原
在桂西北的
奇山秀水间
拐了一个弯儿

一路向北
白桦林
鸟巢
四合院
小白杨
阳光和煦
天空湛蓝

归来的燕子
落在窗台

用嘴捋捋羽毛
仰起小脑袋
吐出一串串乡音

3

阳光散漫
风　轻轻地吹
柳絮　如棉似雪
飞舞在幽静的小巷
如诗的女子
端坐画家面前
目光恬静而悠远

落叶

1

它们借力狂风
终于，挣脱枝头
像一支支利箭射入河流
一些随波逐流
一些潜在河床
变成，千万条绿色的鱼

2

它们认为风是自由的
它们想随风去往远方
它们在风中舞蹈和歌唱
它们不认为这是落幕的辉煌

3

那些飘落的落叶

是一丛丛时间的坟墓
踏过时，它们轻轻发出
暮年的声响

她们是成熟的蒲公英

有时，她们坐在廊檐下
在那片阴凉里　沉默
嘴里偶尔吐出几个词
回应或不回应
都很正常　毕竟
八九十年的风霜
把她们的感官
磨砺得越来越迟钝

有时，她们走进阳光
晒一晒背后的影子
满头的银发微微拂动
像一株株成熟的蒲公英
仿佛一阵风
就能把她们瓦解　吹散
然后消失

风往南吹

二月　剪下
一段春风
催生　三月梨花
千树万树
花香涌动
像极了　母亲
浅淡　而略带
忧愁的脸
她们一个
接着一个
挤挤挨挨
一路追风向南
老屋门前的
孩子　像一株
孤独的　狗尾巴草
默默地等待
又一季
春风起

红月亮

没有守住那轮圆月
黑暗一点一点地吞噬
又一点一点地吐出来
然后变亮变红
红得耀眼
周围的一切黯然失色
冥王星躲在她的背后
这千年的奇观
黑狗没有出现
而我在梦中
遇见一轮洁白的圆月
多彩的光圈环绕着
闪闪发亮
在宇宙的深处
璀璨而神秘

时光再现

那些巨大的木料
复原一片古老的森林
憨态可掬的动物
凸现别具一格的匠心
陶屋门口懒卧的几只山羊
是主人的一种情怀
有陶人，有器皿
有温酒的炉与杯
沉睡千年的物事
把曾经的繁华再次呈现
当我们深情凝望
铜鼓上的蛙声
又欢叫了起来

比大地更辽阔的，是悲伤

面向大地，我感觉到辽阔
而当你回归了尘土
成为大地的一部分
我才知道
比大地更辽阔的
是悲伤

一键清除

多么好的操作
那些糅杂的、琐碎的
那些曾经的意义或无意义
那些应该或不应该的遗忘
统统在瞬间消失

或许消失的
本就该消失
而刻在心底的事物
即便清除，也会留下
丝丝隐痛

锁，是一种秩序

一辆自行车，锁在
禁止停放的指示牌下
一次次倒地，又被
一次次扶起
墙上的广告牌不停地更替
地上的落叶走了一季又一季
好些年过去了
自行车变得残缺
座包丢了，链条掉落生锈
而那把锁
依然维持着秩序

我想起了老家
那堵墙上残存的
木门和铁锁
几十年了，依然完好无损
仿佛在等一把
被风吹远了的钥匙

第二辑

隐形的粮食

留影

在我们家镜框里
压着一些黑白照片
父亲带领县篮球队参赛合影
父亲与全体入伍新兵合影
大哥的入伍及部队照
还有大哥、二哥、三哥
他们的周岁照
唯独没有我和姐姐的
就像族谱里　也没有
我们的名字

隐形的粮食

你知道吗
粮食不在土里
不在粮仓
搅拌在石灰中
批在墙上

这是奶奶给我讲的
抗日故事

戴面具的祖先

每当家里出现异常
比如小孩生病
比如有猪上房　或者
建房、立碑、迁坟等大事
女人们总会带上香烛
和六畜供品去问禁婆

她们说禁婆作法时
头上蒙着一张黑布
双手摆动　跺着双脚
像急急骑马而来的祖先
你告诉禁婆想请的祖先
那位祖先就会上禁婆的身

这时，在你面前的祖先
熟知你的一切困扰
他会为你指出明路
化灾解难　如愿后
你须再次上供还愿

每次听她们说起
禁婆如何神通广大
无所不知无所不能
我都想跟去看看
看看面具下的祖先
到底长什么样子

木棉花开

那一树的娇艳
火红　热烈　高傲
在春风里
一朵一朵地耸立

古铜色壮硕的枝头
坚硬的五瓣花
像一枚枚五角星
在红水河畔闪耀

就算坠落也不褪色
继续保持向上的姿势
一路盘旋
又掷地有声

红水河

在报纸刊头
它是一条安静的河流
简约而生动

在民间故事传说
它是勇敢的第十一个太阳
它纵身跳下山脉
飞溅的鲜血
化成了奔腾不息的红水

它的血脉偾张至六百五十九公里
上至云南、贵州
下至来宾、象州
它是太阳河
它是母亲河
它滋润着两岸的土地
孕育着无数的生命

曾经，它是多情而凶险的

险滩　湍流　落差
交替上演

如今，水电站改变了它的脾性
一艘小木船缓缓划过河面
一阵清风把一朵最红的木棉花
轻轻地送到它祥和安宁的怀里

仰望花山

每一种仰望
起于某种高度
就像花山上的岩画
当你把高贵的头颅
抬到一百三十五度或者更高
你的内心是惊叹
向往还是疑问

所有的目光
搜索岩壁上的
每一个图案
像一把把利剑
企图　从赭红的人形中
发现另一种可能
企图　穿越千万年时空
去到那个流水潺潺的江边
看满天星辰抖落在水里

或者，索性在江边

烧一堆大火
把天空染红
唤上灵犬
敲响铜鼓
与骆越先民一起
在花山下
手舞足蹈
扮一次蛙图腾

如果是一株药草

如果是一株药草
要生在莲花山
盘王庙的石阶前
览尽人间的消息

如果是一株药草
要生在圣堂山
抬头是千年铁杉
颔首是杜鹃漫山

如果是一株药草
要生在青山瀑布旁
听风诉说盘、坳、茶山、
山子、花篮五瑶的故事

如果是一株药草
最好生在圣堂湖畔
取一个好听的名字
汉宫秋或女儿香
等待一个
采摘的人

一只形而上的鱼

假如可以顺着
青山瀑布往上
再往上
到达圣堂山脚
再去往圣堂山顶
看一眼千年铁杉
一定比　跃龙门
有趣得多

丹炉山

是一种怎样的
执念
让你放下戎装
甘守寂寞
在这崇山峻岭间
日复一日地
修身打坐
炼丹讲道

牢固的三重城门
斑驳的
七七四十九级台阶
独立于山头的炼丹炉
再现了千百年前的
雄伟与壮观

千百年后
在这深秋的丹炉山
火红的枫叶染红了山坡

我仿佛看到熊熊烈火
在火炉里呼啸
你端坐半山腰的
阴阳太极石图前
静观星座

当那颗流星划过天际
你终于炼成了丹药
你欣喜若狂
凿石以记之
仿佛　长生不老
羽化成仙
皆指日可待

轮朵当

她们生在幽谷里
翠绿　柔软　婀娜
当她们褪下胞衣
剥茧抽丝
变成十三个
形状各异的模样

或高　或矮
或胖　或瘦
如金陵十三钗
或低眉婉转
或爽朗高亢
各具神韵
又息息相连

十三种音律
在她们内心深处流动
喷涌而出
汇成一首悠扬的歌谣

那是那地人民
独特的歌唱
她们的名字叫
——轮
——朵
——当

三月之彩

山歌响起之前
母亲脱下
稻谷的糠衣
洁白的米粒
饱含三月的幽香

母亲走向春天
向枫叶借来黑
向红蓝草借来紫和红
向黄花借来黄
向艾草借来青

母亲灵巧的手
把多彩的三月
揉进香软的糯米
揉进古老的传说
揉进壮族的节日

新衣穿起来了

绣球抛起来了
舞蹈跳起来了
竹竿拍打着大地
竹排在河中漂流

山歌飘过大山
飘过森林
飘过村寨
顺着河流
抵达五湖四海

你来唱
我来和
此起彼伏
唱醒了三月的生机
唱出了心中的祝福

青石之蓝

一定是某种神旨
让我不由自主地
走向那片田野
走向那座古老的青石桥

一定是某种召唤
让我在这个沉静的午后
邂逅阳光、野菊、红蜻蜓
听蛙蛇在水草里混战的声响

空旷的田野　只有我的身影
在流水中晃动
青石桥梵净、肃穆、沉寂
沉寂得让我跌进时光的隧道

我仿佛看到了奶奶的脸
那张朴实、慈祥
刻满时间褶皱的脸

她对着我微笑
依然是一身蓝土布
腰间扎着精致的刺绣围裙
脑后挽着整洁的发髻

她伸出手　牵住我
我跟在她的背后
看着她慢慢地摇动纺车
看着她在阳光下
梳理长长的纱线
看着她把生活的细微
一点点地织进布里

白色的布匹被染成深蓝
元宝状的青石在布匹上滚动
打磨出一层紫蓝色的光
而踏在青石两端的大脚
仿佛踩着时间的豁口
一头远去
一头归来

美人之山

她只是在石桥边等他的时候
吃了一口苹果
她困了　枕着田垄躺了一会儿
她做了一个梦　一梦千年

在梦里　她一定等到他了
她嘴角扬起的笑意
一定是他亲吻了她

她睡得太沉
身上长满了青草
四季在她身上更替跳跃
春风抚弄她长长的睫毛
抚弄她尖挺的秀鼻
以及微扬的小嘴
她终始不声不响
蛰伏于大地
化成睡美人山

带一车雨水，去见莲

从桂西北到桂中南
带一车雨水
去见莲

想在荷叶上煮茶
想在荷叶下养蛙
还想在覃塘，做一朵
最美的莲花

圣堂山的云下山河

登山朝圣，雨水充沛
心有菩提之人，足下生莲花
山上有埙声，有风雨
有人手捧仙桃
咬一口，蝉声竭
咬一口，云雾缭绕
咬一口，石裂一线天
咬一口，雨生瀑布流水潺潺
有人把果核种在山巅
长成大树，像一朵蘑菇
孤独又寂寥

猜不透的心思

吹着莲花山的风
想着圣堂湖的鱼
拨弄圣堂湖的水
心系圣堂山的杜鹃
在圣堂山淋雨
怀念莲花山的寺庙

站在此山望彼山
这不仅是一种习惯
更是征服的欲望
比如，谁能确定
立于山巅的铁杉王
是否惦记山下的繁华

此时，莲花在云中打坐

此时，莲花
在云中打坐
那个在云端的人
不知去向

此时，桐木芬芳
蜜蜂围着入山女子
绕了三圈
想念春天的模样

此时，火红的犁头
在土地腹部翻滚
青烟　在盘王庙上空升腾
那个想念王的女子
始终无法忘记
火海的灼痛

此时，莲花
在云中打坐
但无法猜透
云的心事

取新水

清晨，把硬币
抛入泉眼，取水
仪式隆重的
会点燃三炷香
甚至点上一挂爆竹
而孩童们却自发地
拿着抄网
打捞泉底的硬币
如同打捞一颗颗甜美的糖
大年初一，取舍有度
每个人都小心翼翼
比如清扫的垃圾不能倒
比如出门砍几截黄金柴
仿佛一天中的勤勉、节约
是未来一年的写照

爱一座石桥

就这样爱上你
悄无声息

爱你拙朴率真
爱你青石本色
爱你历经风霜的粗粝
爱你面对喧嚣的沉默
爱你承受踩踏的隐忍
爱你任流水冲击的笃定
爱你的一切
包括欢乐与悲伤

我愿做那河边的水草
纵然不能陪你千年万载
也会默默装扮你的
每一个春季

渡口

似乎需要一场雨
需要一些湿漉漉的气息
才能衬托，那千年的静穆

雨过青石桥
少年在洛江边
站成一株古榕
追思那些繁华与劫难

雨从瓦间滴落
碾布的元宝石还在天井
界碑石紧挨着墙角
沉默

柜台上的陈年果酒
在岁月里静待多时
桃花酿粉色的琼汁
惊艳了少年

天上的雨滴
地上的江水
汇集成此时的渡口
渡，撑着红伞的姑娘
渡，雨中万物

鹿鸣谷

成群的鹿
把梅花，种到身上
娇艳与幽香
有了实质性的，灵与魂

当你试探性地伸出手
表达你的善意
它们便缓缓地靠近
用温热的唇
卷走你手心的
玉米粒儿
它们从容不迫
风与阳光，也是

它们奔走争食
或半卧着回眸凝视
而那些刚出生的小鹿
发出呦呦鹿鸣
与我们，多么相似

九龙洞

进入九龙洞
如同进入某个神域
时光缓慢，仿佛静止
水滴与岩石
历经亿万年风霜
幻化成龙形
岁月赋予它们神态
文学塑造它们灵魂
而我们，仅仅是
时间长河里的过客
匆匆如一粒细沙
任由岁月拿起
或　放下

福来岛

在北景，巴龙岛
以蝴蝶的姿态
在红水河上蛰伏
岛上古老的梧桐树
在院子里摇曳
掉下一行行诗句
盈满渔旅小镇

红色的土地
长出甜味的核桃
成群的鱼儿
仿佛银河里的精灵
聚拢，旋转，跳跃
你会忘记存在
跌入某个时空隧道

两排白云打开天空
阳光如明珠
从山尖冉冉升起

而美好的山风
总能划过心田
荡起阵阵涟漪

粘膏树上的凿痕

是一只只眼
流出琥珀色的泪
裹住一只虫的哀伤

是一张张嘴
张开却哑言
不言不语

是一个个伤口
风干、撕裂
凝结成独特的风景

中元，踏水归去

芋叶包裹着纸灰
稻草扎紧思念的豁口
青烟点燃中元的黎明
雨水打开了河流
寻找通天的大道
那些陌生的灵魂
越过一地鸭毛

小溪蜿蜒清澈
他们从晨雾中转身
嘴角荡起的涟漪
是打不破的樊篱
芋叶船横冲直撞
向着大海
他们已踏水归去

世俗

他们需要褪掉神性
需要从袅袅香火中回归
需要饱食一顿人间烟火
需要看看世俗的子孙
他们并未放下一切
他们常常借世人之口
叨念过往

秋天，在歌娅思谷

1

在秋风里
在幽静的泥巴墙旁
在黛墨的树丫上
一朵桃花悄然绽放

冬天很快就来
冰霜很快就降
她想用这微弱的柔情
温暖整个寒冷的冬季吗？

2

她用一双乌黑的手
握那把三角形的刻刀
把架在炭火上的粘膏汁
一点一点地
镶进那匹白布里

她仿佛在描绘日子般
精雕细琢

她背上的孩子
指着飘飞的蒲公英
咯咯地笑

3

白色的纱线
在她的手里
愈拉愈长

她把纱线绕成了“回”字
她就在这“回”字里
来来回回地
梳理她的青春

恋恋丹泉

如果你是一畦高粱
我便是那蝴蝶
蹁跹在你的谷香里

如果你是一汪泉水
我便是那杨柳
在你的柔波里摇曳

而当高粱遇上泉水
当苦涩与甘甜糅合
历经五行轮回的脱胎换骨
流淌的，是洗尽铅华的甘醇

那些晶莹的琼浆
像丹火一样温暖炽热
像泉水一样清澈回甘
于是有了丹泉的品质

那么，当你是一杯酒时

在象征英雄主义的端午节
我希望对饮的
是那流芳千古的诗人

而当酒有了诗的品质
或当诗有了酒的绵醇
又何须《天问》，当作《九歌》
举杯，饮尽一世离合

在贵港，重访荷

傍晚，暮色浓
风从八方来
过小树林
广场少女雕塑仍在
胴体白
笑无邪

那年，她们采莲
执莲蓬，依荷叶
那年，一些人在此赏荷
笑清风，日光白

今夜，风泼墨
她们仍采莲
那些荷，去了覃塘

那年赏荷，遇雨

那场雨，来得急
倾盆而降，毫无防备
宽大的荷叶
抖落多情的雨水
那时，满塘的荷
多么清丽

一朵莲挨着旧城墙
那年，她见过翼王
那年，细雨绵绵
莲花白

碧水连天，覃塘莲

一片碧绿，绿得汪洋
赏莲人寻找心中之莲
后来无数的莲隐现
红的、白的、粉的、紫的
一朵、两朵、三朵、四朵
单瓣、重瓣、无数瓣
它们躲在阳光里
或明或暗

南丹土司

一旦身在高位
权力在握
就想拥有更多
就想长生不老

深谙阴阳之术
知生死有数又如何
即便是自欺欺人
也要放手一搏

丹炉山上修楼架炉
苦炼仙丹延寿
丹，终成正果
人，依然轮回

喜欢莲，喜欢一切

比如莲藕
藕断丝连不离不弃
比如根茎
中通外直不蔓不枝
比如荷叶
博大宽广不骄不躁
比如荷花
冰清高洁不卑不亢
比如莲子
出世入世清心寡欲
比如莲蓬
实，是丰收
空，是艺术

飘零

桂花飘落的时候
思念就浓了
点点淡黄
用生命的浓香
在大地上画满
一个又一个圆
铺天盖地　沁心入肺地
写满了乡愁

风一直吹

风一直吹
把飘了很远的一片枯叶
刮回树下

风一直吹
把多年以前吹走的一粒沙石
刮回院子里

风一直吹
把一些流行元素吹成老土
若干年后又重返流行

风一直吹
吹走了一个人的青春
剩下些陈年的旧事
半夜里把人刮醒

三角梅

它的三瓣红唇
印在巨石上
雨　在天空微微战栗
旧木楼的窗棂上
藏着蜘蛛网
尘封　流年的记忆
那些陌生的　笑靥
从木楼前　闪过
狭长的雨巷
始终没有出现
那个叫丁香的　姑娘

牛筋草

它伸开五指麻花穗
张牙舞爪地
在风中展示它的韧劲

它是一棵草
也是孩童的玩具
它被扎成小扫帚
或者成为他们
比拼力量的战绳
落败将承受食指弹额的惩罚

那些年，一棵草承载了
一个时代的童年

风，有点儿任性

期待中的那场雪
始终没有下
冬樱花不言不语
木门上的麒麟
沉默如昨
几百年前的霸气
隐匿于青石的幽暗里
我从朱门的斑驳中
探寻久远的往事
风，有点儿任性
把深藏的秘密
悄悄地
掀开了一个角儿

有风来自宫门

站在御花园
有风　来自
幽深的宫门
高高的城墙
粉碎了谁的想念

那三寸金莲
裹着花盆底鞋
敲击静默的汉白玉
徐徐而来
婀婀娜娜

古老的树木
褪尽铅华
裂开岁月的风痕
孤独的白玉兰
是她蹙眉翘首的样子

绣着龙凤呈祥的

殷红被子
搁浅在无边的寂寞里
残留的红烛
燃尽一夜柔情和期盼

雕花廊檐下
厚重朱门上
生锈的铜锁
锁不住积年的哀怨
却锁住一世的寂寥

山风

风多柔啊
在这山里
柔柔的风
正好涤荡一潭静水
风在水上
云在水下
阳光伸出细长的手
梳洗水的长发
每一块波动的水光
都暗藏着人间秘密

风中的舞蹈

在风中
总有一些舞蹈
惊艳而决绝
比如落花
比如飞雪
比如蒲公英
要么凋零
要么重生

网

有形的
或无形的
不是为了获取猎物
就是为了隔离异己

颠倒

食物在体内制造阴谋
翻江倒海　连同胆汁
我确信我无法容纳一座海洋

我只能沉沉地睡去
打开虚空的身体
接纳白天的黑与黑夜的白

远去的时光

流逝的何止时光
消失的何止村庄
那些满天的星辰
那些洁白的月光
那些少年的梦想
以及青春的脸庞

下一站

日光灯　桃木梳
静默的
是镜子里的紫罗兰
梵花在时光里绽放

雨　扬扬洒洒
微笑地
停靠下一站

第三辑

守密的树洞

只有鱼知道

那些无法解释的事
或者被识破的谎言
需要更多言不由衷的话语
继续编织天马行空的网
那些银色的鱼
是该转身游离
还是甘愿成为猎物
只有鱼知道

冬日河床

绿得苍翠
那些闲置的
水中森林
覆盖夏日的喧嚣
两个小女孩
长着相同的脸庞
打捞河底的翠绿
一尾庞大的鲤鱼
穿过那年的酷暑
游进一个盛满
青春的竹篮

疼痛

她一会儿躺着
一会儿趴着
一会儿站起
一会儿蹲下
坐也不是
卧也不是

她哭喊着娘
娘在另一个世界
她又哭喊着儿
我们就在旁边
却无能为力

最美的诗

——致陆辉艳

在一次诗朗诵会上
她站在木楼的中央
一直迟疑
该如何开口

她一字　一字地
拼尽全力
诉说　父亲的
一次手术
仿佛　再次进行
一场　十分艰难的抉择

四周很静
她纤细的声音
像一根根
尖锐的银针
在空中翻飞
然后扎进一双双耳朵里

所有人　眼帘低垂

沉默　是最好的言语

他们深信

她和她的故事

是一首最美的诗

盲者

他坐在公交车站
自顾自地拉着琴弦
琴声落在阳光里
他看不到

我轻轻地走过去
在他面前的铁罐里
放了一张钱币

他专注于他的琴声　仿佛
此刻只有他和琴声存在

他拉完一曲
放下二弦琴
右手在铁罐里转了一下
拿出我刚刚递进去的钱币
放到左手
伸手再到铁罐里转一下
只有一张一角　他放了回去

他在那张钱币的正反面摸了摸
又在数字上摸了摸
然后放到后裤袋
他把脸转向我所在的位置
礼貌地说了声“谢谢！”
拿起琴又拉了起来

此时　我仿佛看到
史铁生笔下的小瞎子
怀揣梦想与希望
为拉断一千根琴弦
孤独奔走的身影

春天，想起哥哥

今日有雨，无伞
气温六度
穿梭于城中旧巷
雨滴落在发丝
我突然想起你　哥哥
那年我坐在门边看雨
雨水从宽大的芋叶上滑落
屋里弥漫着你煮的红薯清香

很多年了　哥哥
你是尘土
你是空气
你是一场雨
在我想你的时候
把我淋湿

德德

她是高原上的脱兔
一只会诵经的美丽兔子

她时而安静时而捣蛋
她把男女同学房号名字打乱
让那些酒后醒来的大哥哥
吓出一身冷汗
以为睡错了别人的房间

在上海外滩
她用大围巾把自己
和另一位同学绑成双体娃
让行人忘记了红绿灯交换

她抄经文时很传神
奇特的藏文
像一把把抵达心灵的钥匙
在她的笔尖延伸

诵经时更是虔诚专注
她盘腿而踞
双手放在膝盖
左手拇指贴在中指
宛如一朵怒放的兰花
右手拇指从小指末节开始滑行
念一段经文移动一下手指

她闭着双眼
语速由慢至快
似乎有千军万马奔腾

当她诵完经
长长地吐了一口气
眼里竟然噙着泪水

溺水少年

他们看到了光
看到了圣母玛利亚
他们垂头祷告
在水里

人 生

那个坐在墙角的
孤独男孩　他用粉笔
给自己残缺的双腿
画上一双　奔跑的脚
仿佛自己　真的就能
行走自如

那个躺在地上的
可爱女孩
她在地上画了
一个妈妈
仿佛自己真的躺在
妈妈温暖的怀抱

那个坚信只要弹断
一千根琴弦
就能看见世界的小盲人
每天反复地数着断弦
含笑的脸上

始终藏着阳光

人生百态
终究是从一个点
去往另一个点
纵然　他们无法改变
终点的方向
但无人能够阻止
他们行走的轨迹

图 腾

每一种图腾
都是一部血泪史
有的刻在岩壁
有的镶在屋顶
有的刺在身上
而你　藏在我心里
是我今生
朝拜的　神

牛的眼泪

每一刀落下
肩胛就裂开一道口子
每一道口子炸裂
四周就响起一阵欢呼
直到头与身体慢慢分离
直到庞大的身体轰然倒下
牛始终没有哀叫
没有愤怒
只有绝望的　眼泪

郭玛

当她说“在文字里与你相见”时
我还清楚记着离别时的拥抱
那时我强忍泪水　转身逃离

那个长着苹果脸的女子
岁月似乎只在她脸上刻画了
一对深深的酒窝
甜甜的笑容　划过四月的玉兰
在她粉色的头巾里绽放

她唱着宁夏民谣《花儿》
总能把我们的内心搅得酸楚
而她　心里住着主
当她带着她的几个小苹果
斋戒、礼拜
岁月就安静了下来

旋转木马

母亲带着我一岁的儿子
坐旋转木马

母亲说
闭目养神
坐旋转木马
可以忘却年龄与身份
享受三分钟的无邪

此刻
我多想邀上奶奶
坐在母亲和儿子身旁
一起旋转

我更希望木马把我和母亲以及
奶奶旋转到
同儿子一样的年岁
让我们一起慢慢地变老

对话水车

我伫立
风中　用古老的
语言向你
倾诉
哀伤

你吱吱呀呀
呀呀吱吱呢喃着
所有的
经历
传说

青灯

青灯遁入空门　禅坐
香雾缭绕的经殿　佛
在余音绕梁的木鱼声中
升华纯净
迷失者心灵
彼岸

镜 中

镜子每天诉说着
善意的谎言
让我错误地以为
青春可以永驻

直到有一天
尘封的日记里　滑落
一张昔日的照片
我才猛然顿悟

今日的容颜
老于昨晚　而我
少了一份稚嫩
多了一份沧桑

归来时，是否还是少年模样

我常常想
他归来的模样
癫痫病已治愈
脖子上火烧的疤痕
是验明正身的凭据

我常常想
如果他没有病
如果他不在发病时
拿着刀追逐他的母亲
他的家人就不会惶惶度日
他就不会在很远的远方走失

我常常想
如果存在奇迹
他是否愿意归来
归来时　是否还是
少年模样

画圆

小时候，我学会了画圆
画一个在天上
画一个在手里
画一个在心间

天上的皎洁
手里的香甜
心间的温暖而雀跃

现在，秋风起
暗香浮，我还在画圆
一个贴在天空
一个捧在手中
还有一个，怎么画
都画不圆

重生

心　如果很痛
请把它埋进
龟裂的土地
等待一场　雨

站在时光里的姐姐

姐姐，还记得吗
那堵低矮的泥墙
那时，我们蹲在墙角
看蚂蚁搬家
我们还把漂亮的瓷片
藏到泥土里
相互寻找彼此的宝

姐姐，还记得吗
墙头的那一株草
我们总是笑它
左右摇摆　受风拨弄
可是　我们忘记了
它无法选择生在墙头
或是戈壁

姐姐，你肯定不会忘记
那扇狭小的木窗
我们的目光

曾无数次地
在窗前交集
穿越黛蓝的瓦
在空旷的星空里
种下一颗梦想的果实

哦，姐姐
站在时光里的姐姐
你低眉不语
浅笑依旧
我却早已历尽沧桑
两鬓斑斑

子在川上

她手执莲蓬
白衣飘飘
立于川河之滨
看河水倒流
白云倒流
清风倒流

穿越　两千多年
历史长河
耳畔传来
慈祥的声音
“逝者如斯夫　不舍昼夜”

天地依然自行
日月依然自明
星辰依然自序
禽畜依然自生

生于自然

死于自然

正如

他在川的那头

她在川的这头

距离

他们坐在四方桌前
一人一碗米粉
一人一部手机
一人一个世界

他们开始穿越
日本动画城
古代宫廷后院
现代都市纽约
……

那位略胖的中年男子
沉浸在宫崎骏的
动漫里　吃吃地笑
他手中的米粉
悬在半空

四个方位
四个世界

屏蔽功能自动开启
他们彼此无法跨越
二十厘米的屏障

抵达

——致大卫·古道尔

生命　从一开始
就不停地抵达某处

他像小草一样
推开石头
像树木一样
抵挡风雨
然后他开花结果
然后他目送
一个一个果实
被风吹落

他是树上
最后一个柿子
孤独地挂在
光秃秃的枝头
等待一阵风
将自己吹落

这种等待
或许还很漫长
他孤单地决定
决定挣脱枝头
就像曾经
目送亲朋那样
送自己离开

他唱着《欢乐颂》
安详地飞翔
告别一百零四岁的躯体
抵达　另一种归宿

旅 途

一场暴雨
阻止了
我前行的脚步

高高的苦楝树
垂下如帘的树籽
榕树叶儿
被狂风扫落阶前

一个男孩撑着格子伞
从师大的图书馆经过
水雾中传来温润的声音
“你要去哪儿？我送你去吧！”

我们不知道彼此的名字
也想不起来长什么模样
我们像池塘里的两尾鱼
偶然间在荷叶下相遇
又匆匆地踏上
各自的旅途

最后的仪式

没有意料中的哭唱
在相同的时间
经历太多相同的仪式
此时的心境
似乎更适合安静

送葬的脚步杂乱
每一步踩踏
都冲击着胸口
在等待鬼师的时刻
沉默是最后的诀别

几堆火焰撕开黑暗的豁口
浓烟融入夜色
舞动的红焰
彰显着人间烟火

当锣鼓响起
鬼师念唱有词

撒下一把黄土

一个人的离去

便轻如尘埃

伤，不只是一种痛

那面曾被撞击的玻璃窗
用它无数的伤痕
呈现出绝美的景致

那碗干枯的墨汁
满身的裂痕
纵横成沟壑奇观

那棵立在粮仓旁的粘膏树
凿痕越多越茁壮丰盈
体现它存在的价值

伤，不只是一种痛
就像爱情
如果没有那些伤
该有多平淡

有些记忆，像乡愁

泥墙、青瓦、木窗
阁楼、竹梯、厅堂
有时遇见他
有时遇见她

他们鲜活的样子
依稀是旧时的模样
真实到让我忘记
过了奈何桥
就只能在梦里回望

无数次午夜梦回
泪沾襟　才明了
有些记忆，像乡愁
是我永远
跨不过去的　惆怅

守密的树洞

小时候
听说树洞
能收藏秘密
我认真地
把一个个梦想
告诉了她

那么多年了
我的那些梦想
果然　没有一个
泄密

那些年，清明

是树林里的地枇杷
是山坡上的密蒙花
是茅草叶引的山泉
是游子归乡的脚步
是族人聚集的炊烟
是粽子艾粑的糯香
是一日涌现的旌旗
是爆竹不休的鸣响

那些年，亲人健在
那些年，还没有学会
——悲伤

元宵节守灵

雨在尘世滴落
月亮缺失
几个人在桌子旁玩牌
一个醉酒的人喋喋不休
重复逝者往日的言语
相框里的人一直微笑着
穿透缕缕香火
往生

放生

霜降的时候
风开始放生

神

他也想谈一次恋爱
他也想看一场电影
他也想尝试
流泪的感觉

请不要责备那些植物

请不要责备
那些植物
永远把脸朝向光
那是因为　光能使它
丰盈、庞大

请不要责备
那些低媚谄笑的人
弯腰屈膝或头颅高昂
自有深意

世间之事
总会变幻莫测
要像雪一样
包容

南方的雪

雪　终究还是落了下来
婉约　轻盈　洁白
仿佛以正视听
仿佛众盼所归

雪　覆盖春
覆盖夏
覆盖秋
以冬的名义降临

雪　抹掉红
抹掉黄
抹掉绿
甚至抹掉黑

脚印清浅的雪
遍布山川
像白发一样慢慢耗尽
那些青春

像蜜蜂一样生活

我们住着蜂巢般拥挤的房子
像蜜蜂一样忙碌
埋头采蜜
酿造别人享用的甘甜

我们忘记了月圆月缺
忘记看看夜幕是否有星星闪烁
忘记抬头看一眼蓝天或白云
甚至忘记拨通亲人的电话
在城市，我们像蜜蜂一样生活

选 择

有时你能选择
有时不能
生命便滑入
另一种轨迹
比如那些落叶
也许被风吹到远方
也许被人拾起
夹在书间

不如你心

再高的山峰
都不如你心
也许攀登一辈子
也无法抵达

入秋

一场雨　打开豁口
进入另一种秘境

浓情蜜意的时节
衍生故事与传说
牛郎与织女
嫦娥与后羿

打水酿酒
葡萄与桂花发酵情愫
月色无垠
足以沉醉

秋分，打一把刀

他站在炉火前　赤着胳膊
像一位武士
等待那块玄铁
在时间的壁炉里熔化

他要抓住日昼均衡的时机
打一把刀
一把所向披靡劈开冷暖的刀

秋风起　桂花香
锤起刀成
流光四溢
惊醒沉睡的蚕

在徐霞客登临台

那时没有风
你的衣袂挂满朝露
你孑然的身影
在星宿里烹煮孤独
你是追随彩虹的霞客
奔流于洪荒之野
江水滔滔东去
唯留气息长存

此时的龙江河畔
江流无声
我在时光的皱褶里
抬头　向右
朝着你的方向　凝望

晚 秋

暗红或深黄
热烈或凋零
萧瑟　不是唯一的诠释

晚秋　是经久的爱情
有时寒风起
有时暖如春

淡淡的白，浅浅的黄

爱它寒冷中的娇艳
爱它东篱下的淡然
爱它高山上的倔强
爱它岩壁下的傲骨
有时它飞扬舒展
有时它含羞遮面
而它叫作野菊花时
是我最喜欢的模样
淡淡的白，浅浅的黄
像极了我小时的玩伴

有一种破碎叫惊艳

那一片支离破碎的
玻璃窗
以一种惊艳的图案
完整地绽放
仿佛一朵神奇的梵花
随着你的眼　你的心
不停地　变幻莫测

把笑容折成纸鹤

总有一个声音是你的
在这人潮汹涌的尘世
总有一盏灯火为你点燃
在那迷离的江畔

往来的船只
纵情于平静的湖面
夜色阑珊
年轻的水手
把笑容折成纸鹤
投向远方

卖糖人

他挑着箩筐
在夜幕下穿行
灰白的手工糖
像沉寂多年的石头
安静地等待
凿开、分解、送入
一张张温润的嘴

他边走边敲击着铁板
熟悉的声响
穿透街巷
仿佛来自久远的童年
那些布满阳光的日子
一张张饥渴的小嘴儿
在时光隧道里微微张开
又闭合

第四辑

春天的声音

满山遍野，都是她

——致黄文秀

在黎明到来之前
大雨先一步到达
那个叫文秀的女孩儿
她身上闪耀着一束光
指引着前进的方向
她花儿般的笑靥
在黑夜里绽放如霞

那个女孩儿
正值三十芳华
她用青春书写着赞歌
她用行动诠释着信仰
她的歌声里流淌着
向日葵般的芬芳
定格在，那个盛夏

大雨退去了
闪电隐去了
风儿止住了

天，亮了
一切，都安静了
它们在听
在听女孩儿歌唱啊

女孩儿吹一吹风
风儿就是她
女孩儿拍一拍雨
雨滴就是她
女孩儿张开双臂
把山川拥在怀里
满山遍野就都是她

是的，满山遍野
满山遍野有她挥洒的汗水
满山遍野有她轻轻的步伐
满山遍野有她深情的回眸
满山遍野有她暖暖的
阳光的笑啊
满山遍野，都是她

共同的愿望

如果你需要光
那么就跋山涉水给你送去
如果你需要水
那么就让河床里的水为你倒流
如果你回家的道路不够平坦
那么就为你开山辟土修建大道
如果你的房屋风雨飘摇
那么就为你修建高楼大厦或是洋房小楼
是的，我们不惜一切
为了共同的愿望

如果你的孩子上不了学
不怕，有九年义务教育
如果你生病手足无措
不怕，有社会医疗保险
如果你无法就业
不怕，可以教你技术
你可以种养或进入工厂
如果你担心老无所依

不怕，你会领到生活补助
是的，我们不惜一切
为了共同的愿望

我们知道
通往富裕的道路
虽有许多艰辛与险阻
也有许多温暖与感动
几十万的第一书记
几百万的扶贫工作队员
他们分布在你的村庄
分布在你的家里
成为你的代言人和亲人
在没有硝烟的战场上
他们砥砺前行
只因，不忘初心
牢记，我们共同的愿望

我们知道
这是一场全民的决战
必将赢得全面的胜利
当贫困的数据逐渐减少
当你稳步地迈进小康生活
所有的努力与付出都是值得的

哪怕流血流汗甚至付出生命
也在所不惜
因为，不能落下任何一个人
这是我们，共同的愿望

这一场脱贫攻坚战
在中国共产党的领导下
无数的奇迹被创造
前所未有的建房修路速度
全体搬迁的扶持力度
争分夺秒的工作强度
各族人民紧紧团结一起
群策群力打一场硬仗
都是为了，共同的愿望

当你住进花园般的楼房
当你漫步在鸟语花香中
当你的孩子在明亮的教室里学习
当你和家人一起坐在沙发上看电视
当你通过视频与远方的亲人连线
当你坐着动车日行千里
你一定感慨万千
山高水长不再是亲情的阻隔
绿水青山已成为生活的常态

我想，这时的你是幸福的
全国人民都是幸福的
这是我们，共同的愿望

我们铭记你

想起烽火连天的战地
我就止不住泪如雨滴
冰雪中匍匐的身影
凝固成永恒的记忆
多少的血肉之躯
书写着人类的传奇
小红船冲破动荡时局
像一艘巨轮在东方屹立
纷扰中挺起的背脊
站立成大山的刚毅
千年仫佬锦鸡啼
红色壮锦为你织起
我们铭记你
那些鲜活的身影
我们铭记你
那些动人的传奇
我们追随你
一起走过百年风云
我们铭记你追随你

呼 唤

空寂的街巷
阴霾抑制着芬芳
一场疫情战
挡不住樱花开放
只要我们携手
冲破层层迷瘴
无情的病魔必将成殇

漆黑的夜晚
你打开了那扇窗
明亮的灯光
温暖了你我心房
一声声呼唤
让黑夜不再漫长
阴郁的时光随风消散

武汉加油，加油武汉
一声声呼唤
温暖了你我心房

等到黄鹤楼上阳光灿烂
我们在樱花树下
听那鸟语花香
听那鸟语花香

春天的声音

你说水绿山青
我说莺啼燕鸣
我们说自然和谐同命运
这是春天的声音
带着雨水的温情
新芽破土万物苏醒

你说爱百姓
我说记使命
我们说铸牢民族共同体
这是时代的声音
饱含百年的深情
荡气回肠交相辉映

你说我说我们说
春天的声音滋润你我心灵
你说我说我们说
春天的声音在党旗下回应
你说我说我们说
春天的声音是多么地动听

有一种芬芳溯水而至

当豆子遇上糯米
当艾草遇上菖蒲
当半边莲遇上肉丸子
便会滋生奇特的芳香

这缕芬芳
穿越两千年时光
从汨罗江溯水而至
浸润神州每一个地方

母亲舀回生命之水
为家人熬制百草汤沐浴
让邪祟无法近身
让灵魂更加纯净

母亲取出碎布
把白芷艾草苍术
缝制成渡河公的模样
让芳香一代一代流传

五月的芬芳在空中交缠
祭祀的诗句在心中传唱
先贤千年的信仰
已传遍江河两岸

花开巴暮山

他们说，不求同日生，但愿同日死！
他们说，齐心革命，决不叛变！
他们说，一人死难，大家报仇！

他们在水岩洞
饮血酒，结同盟
他们是那地十八名革命青年

他们心怀信仰
他们坚定革命
他们不断壮大
成为有力的战斗队伍

他们打土豪打劣绅
打地主民团武装
打国民党反动派
他们是红七军第三纵队第四游击大队

他们英勇善战

抵抗一次又一次的“围剿”
破解敌人放毒水、烧毒烟的阴谋

他们从水岩洞转战巴暮山
他们打光身上的所有子弹
他们投尽身边的所有石块

在巴暮山的百丈悬崖
那个叫蓝志仁的革命先烈
带领七名男勇士和一名女勇士
拼尽最后的力量用自己的身躯
抱住敌人跳下山崖壮烈牺牲

那是 1932 年 9 月 21 日
“狼牙山五壮士”英勇就义前九年
同样的秋天，同样的悲壮
枫叶染红了山坡
像热血催生的花朵

风过佛子坳

此时的佛子坳安静祥和
阳光从树叶间投下光斑
微风拂面，孩子俯下身
沿着山路，拨开草丛
他想寻找炮弹的痕迹

此时，山坳前方的土地
那些整齐的禾苗
那些挺直的玉米
它们像战士一样
默默地守护着这方热土

而九十多年前
北上征战的红七军
在这里首次与敌正规军相遇
遭到四面围攻前后夹击
浴水奋战长达六个小时
鲜血染红了这里的土地

那些留在这里的革命先烈
他们的热血早已化作青山绿水
滋养着每一寸土地
守护着每一位百姓
此时，一阵风吹过
我听到了他们的名字
一个一个，铿锵有力

雪化长津湖

他们匍匐在
长津湖的雪地里
刚毅的脸上
挂着肃穆的神情
凌厉的眼神
永恒地盯着前方

雪一层层地落在身上
一点点地浸入他们的骨血
他们忍受着漫长的疼痛折磨
直到生命终止疼痛消失
直到成为冰雕战士
他们始终紧握钢枪扣住扳机
保持着戒备的战斗姿势
他们不屈的革命精神
成为雪地上最鲜活的影像

他们化成了雪花
以驱尽恶与黑暗为使命

还世界以洁净与明亮
他们是志愿军
他们拥有一个响亮的名字
他们叫“冰雕连”

一枚党章

那枚入党五十周年纪念章
像座右铭一样
被他时刻别在胸前
这是他九十年来
最坚定的信仰

在幸福里遇见幸福

幸福里是一座酒吧
酒吧在黄姚
黄姚在昭平
昭平在贺州
贺州在广西
广西在中国西南

在幸福里遇见了幸福
幸福是小说家在弹唱吉他
幸福是三五诗友击鼓和唱
幸福是空气中弥漫的酒香
幸福是夜色里暖暖的灯笼
幸福是古巷缓缓的脚步
幸福是天空琉璃的灯火
幸福是小青年深情的凝望
幸福是老人脸上绽放的沟壑
幸福是人们尽情地放飞梦想

雨是幸福的

风是幸福的
阳光是幸福的
夜晚是幸福的
小草是幸福的
花儿是幸福的
白鹭是幸福的
游人是幸福的

幸福像一股暖流
从海上丝绸之路
登陆平原戈壁
沿着古道的马蹄印儿
席卷　每一寸土地

多么美丽

想起烽火连天的战地
我就止不住泪如雨滴
多少的血肉之躯
书写着人类的传奇
冰雪中匍匐的身影
凝固成永恒的记忆
多么悲壮多么美丽

小红船冲破动荡时局
像一艘巨轮在东方屹立
引领着英雄儿女
稳步迈进新的时期
纷扰中挺起的背脊
站立成大山的刚毅
多么雄伟多么美丽

中华儿女同舟共济
一起走过世纪风云
上九天，入深海

你的容颜早已更改
但初心从未忘记
风雨中使命牢记
多么动人多么美丽

携童话拾级而上

白鹭从湖面飞过
在童话的倒影里
寻找攀爬木梯的女孩
大树隐藏的树洞
收藏人生的密语
像极了母亲的子宫

紫色的蓝精灵
煮一壶清茶
湖水被黄昏温热
长颈鹿叼来天边的彩霞
小白兔踮起脚尖
出走湖心的城堡

那个叫虎头的小山村
乘着改革的东风
张开脱贫攻坚的双翅
在童话般的世界里
幸福祥和地
拾级而上

果 王

他提着一篮黄腊李
从阳光中走来
所有的向日葵
咧着嘴鼓掌欢呼
硕大饱满泛着光亮的果实
在一条红布的标注下
有了不一样的身份
他把带着花香、脆甜的黄腊李
分发到人们的手中
像是把自己培育的孩子
送到它们该去的地方
他带着一丝不舍
又带着一丝安慰
这些孩子
历经发芽、开花、结果
努力吸吮阳光雨露与日月精华
终于长成自己满意的模样
此刻，它们将体现自身的价值
它们成为李中之王

成为能让父亲过上好日子的孩子
而它们父亲的名字
也印上了“果王”的标识

你的生日

一百多年前
你在风雨飘摇的
南湖上诞生
一艘陈旧的小木船
载着你伟大的理想信念
冲破层层巨浪
驶向彼岸

那一天黄昏
芦苇在风中热舞
鸥鹭衔来火红的彩霞
它们知道　不久之后
黎明的曙光
即将从海岸线
升起　从此
一个响亮的名字
一种坚定的信仰
在世界东方觉醒

黎明前的烟云密布
阻挡不了前进的步伐
历史的车轮
碾轧苍苍草地
翻过皑皑雪山
穿越长江与黄河
洒热血　抛头颅
染红飘扬的旗帜

三万多个昼夜
斗转星移　风云涌动
小木船早已变成巨轮
变成飞机与高铁
可上九天揽月
可下深海捉鳖
再大的风浪
也能顺利穿越

如今，你的生日
我想用青山绿水
想用和平盛世
做成蛋糕
献给你
而你许下的中国梦
正在徐徐展开

蓝焰闪耀着橘红

静止时
他们是蓝
是自由和平
是冷静睿智
是永不言弃

逆行中
他们是橙
是希望是火焰
是绝地逢生时
最温暖的那抹色彩

他们是血肉之躯
也是钢铁战士
他们会流血流汗
也会饱含深情的泪水
而他们给予人民的
永远是安心的肩膀

他们赴汤蹈火
灭大火抢大险救大灾
他们有时化身蓝色盾牌
有时化身冲锋之舟
有时化身生命之花

在悬崖边
在大火前
在泥石流中
在风里雨里
他们与生命赛跑
与大自然抗衡
他们是人民眼中
无所不能的战神

他们是蓝是绿是橙
是深红是银白
他们的装备随机应变
而赤胆忠心不变
蓝焰闪耀着橙红
每一种色彩
呵护的　终将是
——人民

一元复始，把洁白还给人间

想在山坡
种满桃树
让桃花在春风里
次第绽放
把春色还给春天

想在海边
搭间木屋，沐浴
柔的海风
暖的阳光
把脚印还给沙滩

想在草原
放牧灵魂
听格桑梅朵述说
玛尼石的传奇
把雄鹰还给天空

想在戈壁

听驼铃阵阵
在金光万丈中
整装待发
把炊烟还给大漠

想在地图
看那斑驳红潮
随风消散
一元复始
把洁白还给人间

古道惠风

一阵风扑来
夹杂千年的气息
辛辣、醇香
酒和茶都已醉倒
南瓜在地上打滚
葫芦摇晃着窗棂
年迈的老人端坐门口
细数时光的褶皱

雨未达之前
旌旗招展
抖落厚积的风尘
松果聆听青石呢喃
十字隘口
挡箭碑分流富贵
左往岔山
右往岩寺

每一朵花，都是灿烂的

又是芳菲三月
又是百花齐放
我喜欢橙色的那朵
喜欢她夜深人静时
独自绽放的惊艳
喜欢她在午后的阳光下
靠着大树脚儿打盹的纯朴

我还喜欢她
低至尘埃的亲和
喜欢她
与落叶共舞的样子
喜欢她
默默守护的身影
喜欢她
永不停息的脚步

与其说喜欢
不如说敬仰

敬仰她的艰苦朴素
敬仰她的不亢不卑
敬仰她的耐性与耐心

花开百般美
各自吐芬芳
或浓烈　或淡雅
而我相信
每一朵花，都是灿烂的

和解

三位七十多岁的老人
围在桌旁
身上都带着些酒气
他们一手攀肩
一手抚摸彼此的脸庞
表情动容
眼含泪水
语气哽咽
他们说："一把年纪了，
都过去了。"

当他们再次举起杯子
土地上那些陈年的纠葛
彻底与自己达成和解

时光守护者

在老寨，她朝着光
抬起右手
掌心缓缓向上
越过头顶
在太阳的位置停留
遮住一缕刺眼的光芒
那时，时光仿佛静止

而大把大把的阳光
穿透此起彼伏的
蝉声密网
洒在她略显臃肿的身上
百褶裙的影子
愈拉愈长
唤醒的那些旧日时光
猝不及防地撞入心房

而参天的古树静穆
山风吹拂她耳鬓的碎发

她古铜色脸上的褶皱
泛着金光
她微眯着眼，嘴角上扬
我知道
那一刻，她是爱着的
也是被爱的

拍照

在此之前
她们身份如谜
是木槿，是美人蕉，是野棉花
是自然万物
她们害怕被摄取魂魄
躲闪、逃避，一生不肯拍照
直到我们到来
给她们办理身份证
给她们办理养老保险
她们才怯生生地站到镜头前
摆出一副随时夺回魂魄的警惕

她们坚如磐石，又温暖如春

她收起织布机
束起长发
替父从军
她在凶险的战场上
奋力杀敌十余载

她发现的钋和镭
她是两届诺贝尔奖第一人
为了科学
她在枯燥的试验室里
反复论证几十年

她身残志坚自学成才
她是自强模范是劳动模范
她是红旗手是建功标兵
她是杰出青年是模范党员
她是最具影响力世纪女性

她是普普通通的女子

在危险发生时
她飞奔上前挺身而出
用母性的本能
徒手接住高楼坠落的小孩
她手臂粉碎性骨折
但她挽救了一个生命
也挽救了一个家庭

无数个她与她们
从历史长河中走来
分布在世界各地
她们在医院在大学
也在田间地头
她们在工厂在街巷
也在家里院外

她们是娇艳的花朵
也是晶莹的雨露
她们柔如水却从不弱
坚如磐石又温暖如春
她们默默无闻
却创造无数奇迹

她们隐忍、宽容

永远是那个最牵挂你的人
无论贫穷或富贵
健康或疾病
开心或失意
她们都会与你同在
教会你勇敢与坚强
她们也是你最亲的人
因为你是她们身上割出来的肉

赞美她们
是在赞美世界
讴歌她们
是在讴歌人类
她们有着共同的称谓
——女儿、妻子、母亲
人类有了她们才完美
世界因为她们而多彩

我相信

我相信
那时的天空
像现在一样湛蓝
我相信
那时的树叶
像现在一样绚烂
漫山遍野，色彩斑斓

我相信
那时的长城上空
有乌鸦在天空盘旋
而民工在喘息的瞬间
用禁锢的眼神
望一眼天空
渴望长出鸟儿的翅膀

我相信，几千年来
我们脚下的每一块石砖
都曾在他们的肩膀滑过

我们抚摸的每一寸城墙
都曾在他们的手心
温热

蚂蚁的荣誉

它是那么地渺小
小到你常常忽略
它的存在
它是那么地微弱
微弱到承受不住
一口气的力量

可是你决不能
决不能小瞧了它
它可以吃掉你
庞大的身体
甚至可以溃决
千里之堤

春分

把时间
一半给正方体
一半给长方体

把色彩
一半给红
一半给白

把黑夜
一半给雨水
一半给清风

把白天
一半给花香
一半给鸟鸣

把春天
一半给昼

一半给夜

如此平等
多么美好

梦想

没有人知道
一只蚂蚁的梦想
也没有人关注
一棵小草的梦想
它们的弱小
导致它们的意愿
总是被忽略或践踏

没有人关心
一朵浮云的梦想
就像没有人在意
风从哪个方向吹
熟悉的存在
常常使人觉得理所当然
比如默默帮助你的人

梦想　有时很小
梦想　有时很大
不是所有的梦想

只要坚持就能抵达
比如　我就在你身旁
你却专注地望着远方

他们把青春种进了土里

他们来到广袤的田野
来到农场与林地
他们亲手把自己的青春
种进了土里

千千万万个青春
在土地上张望
等待阳光雨露恩泽
等待芳华绽放

二十多载春夏秋冬
八千多个日日夜夜
他们有的生了根
有的像蒲公英一样
被风　带去了远方

出路

当你抱怨生活险阻的时候
请看看地道战布局图
你就没什么好纠结的了
你会明白
出路不只有大门
还有水井、马厩、灶台
榻下、柴房、庙宇……

风干的果实

她几个月未能正常进食
脸色苍白如纸
弓着身躺在床上
小小的一团像个少年

母亲坐在床边
握着她的手
抚过她的肩膀、脸庞
母亲说怎么只剩下一副骨架了

孩童时一只臭屁虫偷走了她的眼珠子
从此，她的眼睛无处不在
她能去到自家的土地播种
她能区别稻谷与稗子
她能在膝盖窝里穿针引线
她能隔着一座山头知道有车驶来

而此时，暮年的她
像一枚风干的果实
在风中摇摇欲坠

他们

1

他是聋哑理发师
有时比划了半天
也不知道他说什么
他从一个村庄到
另一个村庄　理发
他把宽大的蓝色围布
套在不同的脖子上
剪刀和梳子娴熟地在
头颅上翻飞
或黑或白的头发
杂草般顺势而落
像荒芜的土地打理整齐
只待播种新的希望
他神情满意
嘴角微微上扬

2

他身材矮小
患眼疾，视力近乎失明
拇指像螃蟹，比常人
多出一节，俗称六指
他多指也多才
吹拉弹唱敲锣打鼓
编剧导演样样精通
他带领村级艺术团
演耳熟能详的传统彩调
也编新的时令小品
他收徒，传二胡
悦众人，唯独不能悦己

是，又不是

那些云朵，每日变幻
时时流动
在岜地之巅
它们似乎触手可及
又如此高远缥缈

它们是白，是灰，是橙
是金，是红，是绚丽
它们聚拢又散开
散开又重组
不断呈现
生命的轨迹

它们是它们
又不是
比如那群登山的人
是来时的，又不是

穿越时空的爱恋

也许，你还记得
她掌心的纹路
你曾那么认真地端详
在月光下

也许，你不会忘记
热血流经十指的温度
拨弄鹿撞的心事
在火堆旁

请把双掌张开
朝上　伸向宇宙
直指日月星辰云的浩瀚
朝下　抚过大地山川河流
树木清风的寂寥

来，跳一支舞吧
用火一样的热情
燃烧岩石的灰冷

提炼出神秘的赭红
刻画一种崇高与永恒

就这样与明江为伴吧
千年万年　不离不弃
让花山为证　铜鼓为伴
待春暖花开　一声蛙鸣
唤醒骆越古老的舞姿
唤醒爱的另一种方式

草原

它是碧绿，是青稞
是格桑梅朵
它是鸿雁，是白桦林
是甩响的套马杆
爱它的辽阔
亦如，爱它的风沙
在这里，只想
做一只绵羊
有时，在地上跑
有时，在天上飘

风，从村庄经过

风，走远了
又回来

一些风爬上古榕
注视着往来的人群
一些人已远离故土
一些人在原处
慢慢变老

一些风俯身巷道
在灰白整洁的
水泥路面
搜索不到
青石、牛粪和马蹄

一些风凝视雨水
寻找廊檐下的
木桶、铁盆和陶罐
等待演奏叮咚悦耳的

天然神曲

一些风拥抱少年
企图寻找瓦片上
滚动的
乳牙和纯真

一些风追逐夕阳
黄昏、炊烟，而
母亲的召唤
以一种隐形的方式
悄悄地延续

一些风驻足倾听
唯有银色的夜晚
蓬勃的蛙鸣
一如从前的深邃

倾听

她习惯了倾听
比如花开
比如蚕食
那些细微的常常被
忽略的声音
以各种形状存在于
她黑色的世界
她用声音丈量脚步
用声音感知黑夜或黎明
用声音描摹
你脸上的表情
她能听到你的心跳
以及心尖上掉落的碎片

在冬雪里，怀念春天的柳絮

那年春天的柳絮
缤纷成今冬的雪
簌簌飘落的
还有漫天的旧时光
那个女孩
在阳光的背面
等待一场素描
而此时，更白的雪
覆盖流逝的事物
深深浅浅的脚印
在夕阳下弯曲成两行
长长的省略号

丹泉不是泉

喜欢你洁白时的单纯
也喜欢你红艳时的热情
喜欢你深蓝时的宁静
也喜欢你灰褐时的稳重

揭开你的红盖头
为你十五芳华沉醉
为你五十风韵着迷
你不是泉水，你是酒

你是来自地心的琼浆
你散发的绵绵醇香
闻之　沉醉三日
品之　回味一生

蚂拐节

延绵的山歌
低诉着
对蛙神的
感恩与敬仰

他们赤裸的上身
用一种古老的符咒
描绘蛙图腾
他们抬着蛙轿
踩着鼓声腾挪
简单、古朴的舞步
仿佛远古祭祀的
不二法则

祭拜　咒语　令牌
清水喷面
傩面小蛙弹跳着
慢慢聚集
人蛙和谐共处
风调雨顺　国泰民安

清风沉醉牛角寨

他们披着月色而来
影影绰绰的身影
沿着路面移动变幻
纺织娘的叫声
把影子编织成一片片
清风

殷红的杨梅和土黄的
枇杷琼浆
迷离了一双双
多情的眸子

水雾追逐着清风
从悬崖到低处
当他们相拥
就变成洁白的瀑布
以七仙女的名义
飞流直下

当他们相吻
就变成快乐的雨滴
在空中飘飘洒洒
落地又凝结为风雨桥
相偎相依

在古道安放灵魂

踏上汉代黔桂古道
我把脚步放轻

紫色的翠雀
在古道两侧绽放
妖艳得像精灵
又如紫色的轻烟
把我引向历史的城池
去聆听远古的叹息

清脆的铃铛以及马蹄
带来多少希冀
又制造多少绝望
只有青石见证

当繁华落尽
唯有星辰浩瀚如昨
古道如一条年迈的巨龙
盘伏在喀斯特九万大山

我以滑倒的姿势
匍匐在青石道上
如虔诚的信徒
掌心朝下
与蛰伏在道旁的蝾螈一样
用古道的厚重
安顿不安的灵魂

永不凋零的莲

莲花山在金秀
有盘王，产灵药

莲花山在南丹
住土司，炼仙丹

这永不凋零的莲
与天地同在的莲
无论云游何方
入莲为参
出莲为悟

你的洁白静谧又美好

这厚厚的积雪
是白云拥簇
是棉花炸裂
在房顶
在树梢
在路上
脚印轻浅

这暖暖的灯光
是红霞晕染
是橘子熟了
在夜幕
在房檐
在窗棂
气氛柔和

这洁白的世界
这暖红的色彩
仿佛梦境
静谧又美好

图书在版编目（CIP）数据

风的形状／桐雨著．--北京：作家出版社，2023.11
（中国少数民族文学之星丛书·2023年卷）
ISBN 978-7-5212-2508-2

Ⅰ.①风… Ⅱ.①桐… Ⅲ.①诗集-中国-当代
Ⅳ.①I227

中国国家版本馆CIP数据核字（2023）第179339号

风的形状

作　　者：桐　雨
责任编辑：李亚梓
特约编辑：赵兴红
装帧设计：孙惟静
出版发行：作家出版社有限公司
社　　址：北京农展馆南里10号　　**邮　　编：**100125
电话传真：86-10-65067186（发行中心及邮购部）
86-10-65004079（总编室）
E-mail: zuojia@zuojia.net.cn
http: //www.zuojiachubanshe.com
印　　刷：唐山玺诚印务有限公司
成品尺寸：152×230
字　　数：26千
印　　张：16.75
版　　次：2023年11月第1版
印　　次：2023年11月第1次印刷
ISBN 978-7-5212-2508-2
定　　价：48.00元